歌集

無言にさせて

高橋ひろ子

砂子屋書房

＊目次

I

II

V

装本・倉本　修

歌集　無言にさせて

I

黄金虫

ある時は囁きかけてくる雲が今日は向かうを向きて流れる

先頭は牛の形をしてをれば兎の雲の群れは従ふ

ああおいしかつたと言へり黄金虫がわたしの薔薇から這ひ出して来て

女郎蜘蛛は巣に静かにてにはか雨に人間ばかりが慌てて走る

居候のポールもをらぬ夫もをらぬ春の午後なりカラスうるさいぞ

日本の主婦

「見てゐると癒やされます」水母を飼ふ平成日本の若者たちよ

石ひとつ置けばたちまち向きを変へ行つてしまひし蟻のその後

青梅が店に積み上げられてゐて心ざはざはと日本の主婦

群れとして生きるといふことあるときは眠りながらに魚は泳ぐ

羨ましくはないかと亀に聞かれをり首を上げ目を閉ぢ甲羅干しする

手を広げ畑に向きて立ちゐるは眼を描いてもらへなかつた案山子

別れるときに

目覚ましの秒針の音か降り出した雨かわからぬ春の曙

「僕だよ」と息子が電話を掛けてくる振り込め詐欺のやうに優しく

風花舞ふ倉敷駅でエブリンが手袋を脱ぐ別れるときに

「それでは」と声して青年のうつくしい手は手袋に入つてゆきぬ

送られる方が辛いと言ふ人を送りて帰る本当にさうか

セリム・シャブニがポケットより出す美しい妻の写真はついでのやうに

「さうねえ」とただ相槌を打ちてをりわが許容量は試されながら

初生りを食べれば長生きするといふまたしても思ふひと二人ある

深井戸を覗いてみれば目が合つて誰だと聞けり私の顔が

警備員ロボットが旗を振りをれば高速道路の我は従ふ

「芭蕉の句碑があります」ガソリンのために寄りたるサービスエリア

泣くか

マンホールの蓋に描かれて桃太郎が永遠に目指してゐる鬼ヶ島

思ひ切り蹴りたいわれと転がつて行きたい缶が道に行き会ふ

押しボタンでトレーラーを止めて自転車の私一人が渡る交差点

言ひ訳を練りゐる我を虎猫が睥睨しをり塀の上より

血が出たら泣くかと二歳に聞かれたりさうだね私は何に泣くだらう

命日は命の日にて淳君に送るピンクのデンドロビウム

風のないリビングの猫のモビールが突然揺れるといふこともある

聞き分けて一つの声に寄りて行く蛙もをらむ夜の水張田

鳴き続け喉を嗄らした蛙たちに甘露なるべし夜の田の水

ガラス戸を閉ればたちまち遠くなる蛙が蛙を呼んでゐる声

根がない

冬空に覆はれてゐる草土手を雲の男と一緒に歩く

朝の陽が穂に逆光に差してきて思案してゐる狗尾草《ゑのころ》になる

放火魔の愉楽を思ふ着火剤置いて暖炉の火を目守りつつ

人格は足音にもありさりながら我が足音はどのやうならむ

猫嫌ひは知つてゐますよ黒猫が金の眼で真つ直ぐに見て

芝庭をしんしん濡らす冬の雨地球を蹴って蛙が逃げる

生きてゐる証と思へ一粒の山椒を置く舌のヒリヒリ

自転車のペダルを一心に踏み込みて車と並びふと誇らしき

ヒメジョオンがわがもの顔に川土手に白くて雨になりさうな風

楡の木に掛けられてゐる蜘蛛の巣は野のものたちに見えないやうに

つばがやや手擦れしてゐる鳥打帽さすらひは遂に憧れにして

さすらふは流離ふと書く「根がない」と人間を言ひしよサン・ティグジュペリ

トマトナイフ

落葉の庭の明るさ『人はなぜ騙されるのか』は寝転びて読む

目が温いといふこともある藍染めの暖簾を朱色に換へる霜月

人間の道具しばしばうつくしくトマトナイフでトマトを切りぬ

オンブバッタはおんぶすることされることに飽きて背中を降りたるらしき

林檎の芯を今日は貰つて虫籠のオンブバッタが昼餉を始む

入門はしたくなければど広辞苑と並んで『アブラムシ入門図鑑』

行楽日和

平仮名の「り」と「す」が必ず逆さ文字この子六歳のままでゐられぬ

もう一緒に遊ぶ子供がゐなくなり青いアヒルが泣きをり風呂で

子の誕生記念に植ゑしサンシュユにいつのまにやらある力瘤

行楽日和と予報士の言ふ日曜は草抜日和洗濯日和

用水の面を流れる一枚の葉は一枚に追ひ越されたり

予報と予言はただ一文字の違ひにて「明日は寒くなります」と言ふ

讃辞

目覚ましの曲は「蒼白き馬を見よ」残響は顔を洗ふまでの間

若枝のしなふ力のそれぞれの朝の出窓にある無言劇

カタバミを抜いてゐた指カマキリの鎌に切られてみたくて伸ばす

怒つてゐる山かもしれぬ突き刺さるやうに山頂に鉄塔がある

橋梁に串刺しにされてゐる落暉絵葉書みたいといふは讃辞で

留置場もあるといふなる警察署ビルを白々照らす半月

白湯《さゆ》といふ言葉ぬくとし湯飲みもて二十三時の掌を温める

水色の瓶に差されて紫陽花が聞いてゐるのは夜の雨の音

オイルタンク

梅雨の雨が豊かに注ぐ水盤に何もしてゐないやうな亀ゐる

煙の木を揺らす風よと見てをれば顔を吹きたり挨拶のやうに

まだそんなところですかと縫ひぐるみのクマに聞かれて締め切り近し

水平器で確かめてゐる泡の位置人間ひとり測つてみたい

嚙み合はぬ話に耐へてゐる我と気づかれぬやう手振りを添へる

句読点ひとつの位置に迷ひをりドングリを掌に転がしながら

見上げられ赤いねと声を掛けられて落ちるわけには行かない柘榴

枝先に紅葉は残り落葉する力は細部に及ばぬらしき

横に流れ上へ落ち行く渓谷の紅葉に時間の遅速のあらは

多羅葉は郵便局の木と言はれ山のなだりに恥づかしく立つ

さうだねと話し始める夜の雲あるとき相づちは恩寵に似て

対岸の彼方の銀河のやうな青オイルタンクと思ひたくない

II

シェビブ

カットグラスを割つてしまひしこのあした雨の音にも驚き易し

エンマコオロギの眉の形の差異を言ひ一生を虫にかかはるらしき

罵り合ふ事なきわれらを寂しみて啜るパンプキンスープ薄味

正面から見れば笑つてゐるやうな魚が料理屋の生簀に泳ぐ

言ひ訳をなめらかに舌に乗せむとしまづひと匙のマンゴープリン

せせらぎに片足で立つ鷺一羽われら騒がしき生き物ならむ

語尾堅き証券マンに奥様と言はれて奥様といふ顔をする

ボン岬まで一万キロかシェキル・シェビブと並び見てゐる尾道の海

もういつものシェビブでなくてチュニジアの白い民族衣装で笑ふ

緋目高

お向かひの犬にしつこく吠えられて我にやましきこと二つほど

僕はちよつと変はつてゐるから解らないだらうと月並みの男が言へり

ボウフラのやうに見えゐし緋目高の緋がくつきりとしてきて晩夏

三十秒にて渡り行く大井川越すに越されぬ川がありにき

糸屑のやうにカラスをちりばめて高速道路の上の夕焼け

無人島

いつまでも我の男の子であるやうな黄色鮮やかなオムレツ食べて

出来のいい長男なれば「さうだね」と間合ひ巧みに相づちを打つ

壮年は中年とは違ふアタゴ梨皮がたるんでゐてもおいしい

満月の柄の暖簾を吊りたれば満月を分けて子が帰り来る

交はし来し言葉豊かに層をなし母と向き合ひ食べるビビンバ

さはやかな一日でせうといふ予報は気温と湿度のみのことにて

鯉のぼり吹かるるが見ゆ若き日の父も立てしよ弟のため

瀬戸大橋より見下ろしてゐる無人島行つてみたいで終るのだらう

旅に出る予定のなくてタンポポの連なる土手に素足を垂らす

もう影も付き来ぬ夕べ誰も誰もうつむき渡る長い踏切

飼ひ主にあらぬ私が撫でやればとりあへずといふやうに尾を振る

「また嘘を言ひ合はうね」もう短歌をやめると決めた久保千枝が言ふ

ブリタニカ百科事典

起き抜けに乾いた咳をひとつして唐突なり四十年前の祖母のこと

黄葉を落葉させる大ケヤキ師走の朝は掃いても掃いても

「では次に」場面はそこで切り替はり降り積む雪をテレビは映す

反論せむと唇をちろちろ嘗めながら我が言ひ終へるを待つてゐる舌

子と夫をめぐるわが世の日常の秒針の音に時をり気づく

洗濯機のかすかな異音を聞き分けて我が主婦業の極まらむとす

丸薬のごとき肥料に育ちしは風雪を知らぬ観葉植物

フルーツセージの匂ふテラスで飲んでゐる「贅沢日和」といふ発泡酒

ブリタニカ百科事典の並ぶ棚かつての知識人シンボルとして

鰭たてて不意にバックす何の無聊ある金魚かと見てゐる時に

部屋内を覗く金魚と水槽を覗くわたしと夜更け目が合ふ

チュニジア

旭川の堤の桜の散り果てて砂漠の国へ一人を帰す

カルタゴの雲を見てゐるスッポンと金魚と夫を日本に置いて

黄色人《イエロー》はわれ一人のみアザーンの流れる朝のブルギバ通り

男らが座つて通りを眺めをりこれも仕事といふ顔をして

青でなく灰色でなく砂漠の民《ベドウィン》の男らの目あらはし難し

芦のやうな草がときをり筋をなしこれも涸川あれも涸川

ナツメヤシの木に繫がれて動かないロバといふこの静かなるもの

神が違ふ言葉が違ふ風が違ふ旧市街《メディナ》には原色の服が売られて

日の丸に似てゐる旗がひるがへるチュニス市役所広場の広さ

オリーブの畑に太陽が出て沈むマハレスの街の一日長し

祈ることは生きてゐることお祈りの広場がガソリンスタンドにある

帰つたら寂しくなると日本語でシェビブが言へり朝餉の時に

ヒーロー

夏の庭のテッポウユリの無為無策四方を向きて白花咲かす

湿り気を帯びる風さへレトロにてスナックの名は「海岸通り」

一刀に切るによろしき京言葉受けて立たむと背中を伸ばす

口癖の「をかしいですよ」をまた言ひてポール二十九歳まぶしいばかり

ティーカップをまづ温めてをくやうに受話器を持ちぬ泣く用意して

ヒーローが煙草を出して火をつけて目を細くする古い映画に

ただ一人の客にて坐りし二時間の美容院より疲れて帰る

庭に出るや隣の犬に吠えられて夏の夕べの身の置きどころ

結界

子等や雲を浮かせてゐしが空つぽになつていよいよ大きいプール

聖父子といふにはややに遠くして息子が赤子を抱きて微笑む

影といふ忠実一途のものを連れ沈黙深き会議より戻る

竜胆が咲いてゐるよと言ふ声が隊列歩行の列乱したり

死人花の別名もある彼岸花わたしのことかといふ顔で咲く

紐付きのビニール袋に入れられて「何だ何だ」と金魚が言へり

結界を出たのか入つたのかわからない道路に架かりし鳥居をくぐる

あんなもので耳が搔けるかと笑はれて耳搔草の黄の色深し

猫嫌ひとは言へなくて撫でてをり猫をこの子と言ふ人の猫

枝ばかりのケヤキになつて西風が留守の間に来たのがわかる

菊花展金賞受盃の大黄菊「この私が」と言ふ顔をして

階段の手摺りも今夜は冷たくて寝ようねとカエルの湯たんぽに言ふ

涙流して

食べ足りて昼寝も足りし幼子が目覚めて泣けり涙流して

青い星の模様の靴で走り回る三歳はこの世で見たい物ばかり

いい店ねでまづ始まつてメインディッシュが来るころ重くなりたる会話

歌のみにひと日関はり豊穣か浪費かわからぬ日が暮れてゆく

「むかしむかし」子に物語るお話のあはれは隣の悪いお婆さん

二回目の「しかも」を言ひて四歳の子の深刻な話は続く

深々と頭を下げて背を丸め懺悔の姿勢に切る足の爪

光へと向く性にして窓際の篝火花が伸ばす花首

口紅の色が似合つてゐるやうで今日は自信家の振りが出来さう

昼寝して歩いて豊かな午後なりと佐太郎が言ふやうな午後です

用水の流れに網を差し入れてこの子の必死メダカの必死

さよならと手を振りながら歩を返しまた話し込む寂しい人か

「ちよつと待つて」電話の向かうで咳をする彼方マハレスにゐると想へぬ

ノルマンディー

ノルマンディーの夏の田舎の家毎のアジサイは日本原産にして
一匹の蝉も鳴かない夏もあるノルマンディーに来て解つたひとつ

五回聞き四回忘れるマガリといふ陽気なフランス人の名前は

ベエベエとアブランシュの羊の宵つ張り九時になつても陽が沈まない

おもむろに夕光の来る二十一時遊び足りるといふことのある

名がつひに解らぬ庭の大木にさよならを言ひフランスにさよなら

III

竹の子供

ひと括りにして日本人もう見たかどこで見たかと桜を言ひて
米糠にて匂ひも甘く茹でられてタケノコは竹の子供で終る

泥水に初夏の陽が射し後足が生えて嬉しいオタマジャクシ達

スイカズラ・クチナシ・ウツギ花の香の記憶はしばしば人にかかはる

葉桜の庭できよろきよろするからに今年生まれのカエルと思ふ

蟻たちが一日をかけて運びたる砂をひと掃きに私が戻す

誇らしく六号と呼ばれし台風が低気圧になり面目もなし

殺虫剤を足長蜂の巣にも撒きすみませんで済むと思はぬ

鳴き疲れたカエルが田んぼの水を飲む頃かと思ふ午前一時半

救急車に続いて走るパトカーも人ごとと聞きまた眠りゆく

Ⅳ

かがやき

ベランダにて今日の私が気にかかる向かうの山の名を知らぬこと

頭も手足もたちまち仕舞ひみどり亀わたしはここにゐませんと言ふ

忙しい振りをしてゐる蟻もゐて隊列は冬に入りゆかむとす

今日われの身体と思ひのちぐはぐの昇降機ゆつくりゆつくり昇れ

きらきらしき雨がテレビに映りをり「カラーテレビ」とむかし言ひにし

信州の雪の重たさワイパーがフロントガラスをぬぐつてもぬぐつても
長野駅ホームの電光掲示板「かがやき」は東京行きの電車で

栞紐

夜の貨物列車ではるばる来たやうな「津軽」といふ名の林檎を買ひぬ

大小に並べば親子と決めて見て蛞蝓なれどしばらくは追ふ

丁寧に指で表を確かめて白紙《しらかみ》は何かを書く前の紙

子らがその子供らを率ゐて帰省せし後のシーツを晴れ晴れと干す

わが足が漕ぐ自転車のエネルギーに体は軽ろがろ運ばれて行く

たましひが揺れるといふはなけれども秋高空の下のぶらんこ

ピーマンは豊かに稔り実の中に今満ちてゐるみどりの光

柿色に朝焼けをして柿色の夕焼けで終はるこんな日もある

栞紐はさんでありしところより読みはじめて馴染むまでのしばらく

香りの重さ

「見頃」「満開」「山全体がピンク色」豊かに咲いて貧しい言葉

桜よと言へば梅よと誰か言ひ桃だと声もする里の道

花首を覗いて萼を確かめてカンサイタンポポと声高く言ふ

食器売場の銘々皿に描かれてツルウメモドキが伸ばしゆく蔓

いらいらと続く渋滞の上の空雲が犬からラッコに変はる

再探索しますとカーナビがまた言へり石の風車の回るところまで

沈丁花の植ゑ込みのある玄関の闇の重さは香りの重さ

夫の寝息風の音よりまだ遠く聞こえる音の正体不明

自らの出した答にまた問ひを投げてますます眠りに遠い

食用蛙

予報士が言ひしシベリア寒気団ケヤキの梢をまづ騒がせる

「どうにかなる」はどうにもならぬ時のわが台詞であつて頬杖をつく

決心はたやすくゆるび見てゐるは水槽の金魚の鰭のひらひら

領収証ダイレクトメールに挟まれてポストに届く雪の絵葉書

男らが木を飾らむと付けてゐる電飾は高々と足場を組んで

熾の上に灰のうつすら積もる見ゆこの淋しさは人間のもの

やはらかなこの冬の陽を言葉にて留めむと削る鉛筆の芯

冬晴れの畦に出会へばこの草の名前は私が決めると決める

積雪の予報嬉しく眠りゆくこんな夜は十歳もしや六歳

食用蛙と名を付けられし蛙たちも眠りてをらむと思ふ雪の夜

晴れの国

西日本集中豪雨による倉敷市真備町の水害

災害のない「晴れの国」岡山と人らが言ひて我も思ひき

部外者が歌つていいかと問ふ人に歌へと言へり彼らのために

「ここにはもう住みたくない」汗あへて泥を掻きつつ言ひたる人よ

見下ろせば泥水が輝きゐるならむヘリコプターがまた一機行く

家屋根の上を飛びしがわからない防災ヘリかドクターヘリか

今日帰る家を無くせし人のこと思ひてつひに思ひ至らぬ

一週間目の記者会見に絶句せし倉敷市長疲れゐるべし

友達の家の全壊をひとりが言ひ歌会の我らの声の小ささ

一人二首の全てが洪水の歌にして歌会を時をり過るためいき

避難所に眠りゐる子ら洪水を語る日あらむ古老となりて

ゐのこづち

垂れてゐるキンエノコロの穂の重さは昨日の夜の雨滴の重さ

日の暮れはすみやかに来て紫か緑か指が葡萄に迷ふ

ゐのこづちといみじくも名を付けられて県道沿ひに埃をかぶる

もの思ふ水母のやうに見えをらむ傘さして行く雨の歩道橋

アンズ色オレンジ色と言ひゐしに今日の夕陽を柿色と言ふ

手の先が細く五本に分かれるがあるとき不思議絵本をめくる

自分を見ることが自分でできるのか透明人間を七歳が言ふ

青い馬

「百万回の摩耗に耐へるフライパン」注文をして何が寂しい

こんな色は昔はなかつたと言ひ合ひて見てゐる秋の緑の花火

会議場に言葉を放つ折り畳みの傘を両手で広げるやうに

首垂れて立つ折り紙の青い馬もう一枚の紙に戻れぬ

リンドウが今年は遅いとまづ言ひて書かれし手紙言ひ訳にほふ

消しゴムで消せばなかつたことになり頭上彼方に雲浮きてをり

あるときは一人舞台に立つやうなボックスでしてゐし頃の電話は

黒猫と自らを知つてゐるらしき猫と目が合ふ負けてはをれぬ

陽の温く差す山腹の家が見ゆ主婦の一人の鎮座してゐむ

改札を出て散つて行く群衆の私が貰ふティッシュペーパー

左は過去右は現在と手相見が言ふ右の手ののつぺりとして

吉備路野

水分れを雲と一緒に越えて行く水は分かれて行きたるままで

「水分れ」と私が言へば「水分《みくまり》」とひとりが言ひて峠を越える

国分寺は東京にもあると言ひながら小林幸子と歩く吉備路野

カラスよと見上ぐるときに高みより二足歩行は見下ろされをり

夕空のカラスの群れを見てをればあらざるごとし苦も愛惜も

柘榴の花

目覚ましの電子音にて起こされて朝の窓に降る小糠雨

布のクマがソファーの間中に座りをり上座下座のもうあらぬ部屋

アメンボとドンコの記憶のある水が楽しげに見ゆ雲を映して

出立する息子を駅舎に送りをり母が私を送りしやうに

踏切を貨物列車が通過して私は何かに取り残される

巣の間中に脚を広げてゐる蜘蛛の生涯声を持たぬ生き方

一匹が鳴けば鳴き出すカエルたち何度もあつたやうなこんな夜

きれいねとあるとき一度聞きしのみに柘榴の花は亡き母のもの

性格は父に似て声は母に似て二人に似ない悪癖がある

天の川が最も似合ふ空として父母の家の蔵の屋根の上《へ》

大きくなるな

冗談はいま範疇を超えむとし雲が電線に引つかかりをり

三歳は椅子に立つてもやうやくに我が目の高さ大きくなるな

三歳に蟻も寝るかと聞かれをり巣の入り口に山をなす砂

分類といふは人間の仕業にてジャガイモはナス科トマトもナス科

もう三日餌を貰つてゐませんとメダカが泣くといふこともある

夏の陽は八手にまぶしく返されて一日《ひとひ》は見えぬ早さで暮れる

フランスへ帰つてしまひますと言ふさつきの話の続きのやうに

琵琶湖

「お母さん」昔のままに子に呼ばれ琵琶湖面に雨降りしきる

満ち引きのあらぬ浜にも波は寄せ泳ぐ琵琶湖の水の重たさ

石を投げる前の仕草が大切で脚を振り上げ手を後に引く

湖に沿ふ道のカーブのけだるくて「むかし」と波が話を始む

高空を無音にて行く飛行機は麦藁帽子を脱ぐ時に見ゆ

天動説

右左上下自在の蜆蝶二足歩行は埒外のこと

首振りて小松菜を食べるリズム感この青虫らは兄弟ならむ

桃の木に海を知らない玉虫がエメラルドグリーンの羽輝かす

蓋とればローズヒップが香り立ち怒つてゐない顔が出来さう

初めての道がまだある老松町ペダルの重さで傾斜を測る

帰化植物も大事と雑草の先生が言ひ出て環境の会議進まぬ

聞かせてあげるとギターを弾きはじめ私のことはもう忘れをり

秋の風ひかりの温さ空の青ガラスが遮るもの通すもの

風音はつまり葉擦れの音にしてトウカエデの音アラカシの音

雲海を目指して急ぐ昼の月あざやかなり今日天動説は

地震の歌津波の歌のある歌集ペンギンたちが死んだ歌ある

V

昆虫ゼリー

来む秋に備へてケースの鈴虫が食べてゐるのは昆虫ゼリー

チロリンと声はすれども「虫の音を聞く会」のために鳴くにはあらず

もう十日歌を作らず水槽のメダカは向きを変へ向きを変へ

雲の上に雲が重なり行くさまを見てゐて冬の到来近し

カーディガンの毛玉を取ればすることはもうなくなつて鳩のググウグウ

子供の足を引つ張る河童が住むといふ故郷の池どんより重い

コハクチョウが準備してゐむ北帰行親鳥は帰り子の鳥は行く

日本の水

さう言はれて見ればさう見え天井に描かれて龍の八方睨み

あと一年で星に到達するといふ衛星のことは切ないやうな

和菓子屋の旗に大書きされてゐて誇らしからむ「元祖きびだんご」

チュニジアで買ひしサボテン三年の日本の水に身をふくらます

黒く丸き頭ふらふらと泳ぐ蝌蚪いづれ跳ねると思はぬらしき

綾取り

六歳と取り始めたる綾取りは三段梯子で行き止まりたり

箒から川に取られて橋になりまたもためらふ綾取りの指

看板に描かれて男が工事中ですと深々頭下げる

頭頂部を見せてお辞儀をするからに看板男にも心は寄りぬ

また少し秋の日差しが深くなりソーラー電池の犬が尾を振る

電線に並ぶ間隔それぞれに今日ヒヨドリの間隔広し

やうやくに短歌に心を向かはせて鉛筆の芯の堅さに迷ふ

石の間を出入りしてゐる秋のアリ働いてますといふ顔をして

内臓のごとくに赤く垂れながら誰のものでもないカラスウリ

白紙《しらかみ》を汚しゆくこと書くといふは今日はペリカンのペンで汚して

声静かになだめるやうに我に言ふ術も息子は覚えたるらし

「きれい」ばかりをすでに聞き飽きて散りたい紅葉が待つてゐる風

クリステル

フランスは遠くなければスカイプで交はす話の取留めもなし

さうねえと目を見て言へば我の目を見返すスカイプの画面のクリステル

自転車は走つてゐれば倒れない練習をする六歳に言ふ

止まつたらたちまち転ぶ自転車がケヤキの幹に寄り掛かりをり

葉も花も実もなき枝に鵯が来て予報になかつた雨が降り出す

落ツバキと呼ばれるまでの藪ツバキ山辺の風はしんじつ寒い

六歳が買つてもらつたランドセルひと生《よ》の節目はこのやうに来る

満月の夜の町内の回覧板影に先導されて届きぬ

限界はいつだつたのか大寒の地に伏してゐるエゾノギシギシ

無表情といふ表情のむづかしさ窓の景色を見る振りをして

駆けてゐるウサギでなくて逃げてゐるウサギと思ふ冬の白雲

又近いうちにと人を見送りて見上げる二月の月細すぎる

自画像の目に見られたる画家のこと思へりゴッホの自画像の前

北陸道

回収車に出す決心で束ねむとしてゐる本を開くな私

敷石に八ッ手の影が濃く落ちて所々が寒い春です

ビニールの傘の雨滴を振り払ひ玄関といふ結界に入る

動く水とはいへ海はまだ遠く私の影を置いて流れる

花びらが影と一緒に流れるを見てゐて私の影の短さ

「生活道路」道は呼ばれて山桜散りをり映画のシーンのやうに

花びらと決めて見てゐる三月のキッチンの窓を飛ぶ白いもの

もうメジロの来ない庭にてハトが鳴く春の終りの捨て台詞のやうに

枝先の葉陰に光る青アンズむかしの私の眼で見上ぐ

枝先の花と見紛ふばかりの芽スモークツリーに雨は温とし

用水路の堰に掛かりて浮き沈みペットボトルは海へ行けない

『イスラームを語る』新書が開くなく本棚にあり日本は梅雨

右足に換へて左の足で立つ鷺の時間はゆるやかに過ぐ

「霧多し」舞鶴若狭自動車道　文語の表示が時々あつて

「北陸道」白くて太く矢印が指してゐるゆゑ行かねばならぬ

それぞれの顔に苦しむ地獄絵図ひとりの男の笑ふやうなる

閉館の後も声なく笑ひゐむ絵巻の男を置いて出て来る

白サルスベリ

汗あへて登る登山道の休み石ひとりに広くふたりに狭い

雨の夜に押しつけがましく鳴く蛙は午前一時に鳴き止む蛙

風草をそよがせてゐる南風　外出自粛は人間のこと

ルーペにて蜻蛉の羽の金の網見てゐて神といふを肯ふ

ひと言を言つてしまつた唇を花の模様のマスクで隠す

自転車をマスクはづしてこぎ出して夜の空気に当たる唇

重心は木末に移り満開になつて苦しい白サルスベリ

風が出て波の狭間を流れをり後へ泳げぬアメンボウたち

わが顔をわれは見ざりしやはらかな言葉で不意に切りつけられて

無言にさせて

しませうと短歌を言へばかしこまりましたと言へりこの青年は

秋空が泣きたいほどに晴れてをり鳥と私を無言にさせて

待たざれば来る鴨待てば来ない鴨画面としてのリビングの窓

この穴を這ひ出た時の油蟬まぶしかりけむ空を見上げて

しばらくのホバリングの後に飛び去りし蜻蛉が突然考へたこと

ドラえもんを今日も描いた違ひない青いチョークが短くなつて

遠いものは小さく見えると三歳に教へて蜻蛉のやうな飛行機

その羽をもう開かない玉虫が青く輝くタイルの上に

総合病院

川水のやうな音する竹藪の高いところに風が出てきて

間隔を取れと言はれてレジの前アヒルが並ぶやうに並んで

東山行電車に思案してゐるは降りますボタンを押すタイミング

新聞を重ねて紐を掛けながらかの土砂崩れの事ももう過去

見開きのページのやうな夏空に入道雲が描くストーリー

始まりと終りがわからぬ蟻の列夏に疲れた桜の下の

おづおづと鳴き出でてやがて投げ遣りな声に変はりてツクツクホウシ

両足の着地あやふく街を行く腕にいつもの時計がなくて

オリンピック・パラリンピックはそれとしてノウゼンカズラを見なかつた夏

ぶら下がる木片なりしが風来ればモビールの猫になりて尾を振る

鰓呼吸なるは理解不能にてさあれたちまち餌に寄るメダカ

濃淡を見せて過ぎ行く夜の雲あの黒雲はもの思ふ雲

窓毎に明かりを灯し夜の海の客船のやうな総合病院

それで

中空を雲は行き過ぎ選挙カーが議員になりたい声響かせる

ネズミ取りシートに掛かつたネズミの目わたしの千の言葉が褪せる

陽の当たるところが赤いアンズの実生《ょ》はつかの間とこのごろ思ふ

「気にしてない」ひとりの人に言ひ切つて指にカメムシの匂ひが残る

水底に潜つた亀を待ちながら私の息の苦しいやうな

ちちははの墓所に上れば白く見ゆ水平線と言ふ名の線が

もう歳をとらぬ母なり沖縄の浜にて撮りし写真に笑ふ

悔やみきれぬといふほどのことはもうなくて蕾をほどく青いアサガオ

雲の間の遠くに青く見えゐるはつひに人間にわからないもの

寒いのはこころでなくて七月の夜のくしやみに羽織るブラウス

おづおづとといふ感じにて昇りきてわたし一人のものとして月

紋白蝶を見えなくなるまで見送つて「それで」とわたしに振り向いて言ふ

柿色

洗ひざらひ言つてしまへと言ふやうに冬の光は深く射し込む

充分に飛び充分に鳴き切つた蟬と思ひて掃き寄す屍

砂に潜り一日動かぬスッポンにも師走半ばと言ふ日は来たる

水仙の花が今年は遅いと言ふどうでもいいがといふ口調にて

さりげない振りが最もむづかしくいつもの手順で夏みかん剝く

川上の網へと追ひ詰められながら遂にああとも言はぬ魚たち

カラタチがミカンの種から芽を出して先祖返りといふ伎を見す

白熊の柄のセーターを着て過ぎし一日の思ひは淋しさに似る

かの日々は水色の煙のやうに見ゆ『お母さんが読むお話』の本

帰りくれば徐々に濃くなる空気感角を曲がつて我が家が見えて

陽の暮れの早さにいまだ慣れなくて皮を剥いても柿は柿色

よそ行きのシャツ

ひどいねえと朝の庭に鳴く鳩の声に始まる一日もある

かつて頭に入りたるままに出てこないことはそのままの方がよろしく

声上げて七歳が見せに来る指の傷はそのうち消える必ず

月の夜の松虫さあれ自らの声にうつとりすることなけむ

畳むのは今年の夏も着なかつたよそ行きのシャツと言つてゐたシャツ

リビングの嵌め殺しの窓の内側のスッポン人間メダカその他

瀬戸内育ち

二足歩行の歩はそれとして紅葉浮く水の早さに合はせて歩く

「たあちゃんもう知らないからね」隣家の夕べの声は犬を呼ぶ声

足音もなく近づいて速やかに追ひ越して行くこれが若者

ボールペンが出なくてこれで終はりますと書かれて花山多佳子の手紙

夕闇にアンズの花の色も失せもう揺れるのを止めたブランコ

簡潔に風に名前はつけられて鳥坂《とつさか》峠を吹き下ろす「西」

山頂に至れば彼方に海見ゆと決めて眺めて瀬戸内育ち

私にはわからぬ私の声ながら呼べば幼も犬も振り向く

あとがき

　この歌集は『ラディゲの齢』に続く、私の第三歌集です。第二歌集との間に、二十余年在籍した結社を退会しました。新しい結社では、組織の有り様、歌会の形態など、新鮮で驚くことが多くありました。この体験によって、私の短歌に変化があったのかどうか、歌集にそれが見えているかもしれないと思っています。

　タイトルの「無言にさせて」は、歌集中の「秋空が泣きたいほどに晴れてをり鳥と私を無言にさせて」から取りました。事象や現象を前に、「ああ」としか言いようのないことに、出会うことがあります。意識の深いところで動く思いを、言葉では捉え切れないのでしょう。そして、気持ちの動きが大きければ大きいほど、言葉にした時、何かが違う、という思いが大きくなります。短歌を始めて間もないころ、大先輩が「短歌のために言葉にすると、どこかが違う、と思ってしまう。言葉を使わない短歌ができないものだろうか」と言ったのを、覚えています。近年、その先輩の言葉を思い出すことが多くなりました。

帯文を頂戴しました小池光様、ありがとうございました。これからの私の、大きな励みになります。「塔短歌会」の皆様、そして「塔岡山歌会」の皆様、いつもいい刺激をいただいております。「鱧と水仙」、「神楽岡歌会」は、私の大事な学びの場です。

装丁の倉本修様、仕上がりを楽しみにしております。この度も、砂子屋書房の田村雅之様にお世話になって、歌集を出すことが出来ました。

高橋ひろ子

二〇二二年八月八日

塔21世紀叢書第420篇
歌集　無言にさせて

二〇二二年一一月一日初版発行

著　者　高橋ひろ子
岡山県倉敷市大島四九九―八（〒七一〇―〇〇四七）

発行者　田村雅之

発行所　砂子屋書房
東京都千代田区内神田三―四―七（〒一〇一―〇〇四七）
電話　〇三―三二五六―四七〇八　振替　〇〇一三〇―二―九七六三一
URL　http://www.sunagoya.com

組　版　はあどわあく

印　刷　長野印刷商工株式会社

製　本　渋谷文泉閣